ASSIGNMENTS & GOALS

TECHNIQUE	THEO[obscured]

REPERTOIRE

[obscured]E

DAY 1 ______

DAY 2 ______

DAY 3 ______

DAY 4 ______

DAY 5 ______

DAY 6 ______

DAY 7 ______

TOTAL

REMINDERS

ASSIGNMENTS & GOALS

LESSON DATE ____________

TECHNIQUE	THEORY

REPERTOIRE

PRACTICE TI

DAY 1 ______

DAY 2 ______

DAY 3 ______

DAY 4 ______

DAY 5 ______

DAY 6 ______

DAY 7 ______

TOTAL

REMINDERS

ASSIGNMENTS & GOALS

LESSON DATE ____________

TECHNIQUE	THEORY

REPERTOIRE

PRACTICE TIME

DAY 1 _____

DAY 2 _____

DAY 3 _____

DAY 4 _____

DAY 5 _____

DAY 6 _____

DAY 7 _____

TOTAL

REMINDERS

ASSIGNMENTS & GOALS

LESSON DATE ____________

TECHNIQUE	THEORY

REPERTOIRE

PRACTICE TI

DAY 1 ______

DAY 2 ______

DAY 3 ______

DAY 4 ______

DAY 5 ______

DAY 6 ______

DAY 7 ______

TOTAL

REMINDERS

ASSIGNMENTS & GOALS

LESSON DATE ______________

TECHNIQUE	THEORY

REPERTOIRE

PRACTICE TIME

DAY 1 _____

DAY 2 _____

DAY 3 _____

DAY 4 _____

DAY 5 _____

DAY 6 _____

DAY 7 _____

TOTAL

REMINDERS

ASSIGNMENTS & GOALS

LESSON DATE ____________

TECHNIQUE	THEORY

REPERTOIRE

PRACTICE TI

DAY 1 ______

DAY 2 ______

DAY 3 ______

DAY 4 ______

DAY 5 ______

DAY 6 ______

DAY 7 ______

TOTAL

REMINDERS

ASSIGNMENTS & GOALS

LESSON DATE ____________

TECHNIQUE	THEORY

REPERTOIRE

PRACTICE TIME

DAY 1 ______

DAY 2 ______

DAY 3 ______

DAY 4 ______

DAY 5 ______

DAY 6 ______

DAY 7 ______

TOTAL

REMINDERS

ASSIGNMENTS & GOALS

LESSON DATE ___________

TECHNIQUE	THEORY

REPERTOIRE

PRACTICE TI

DAY 1 _____

DAY 2 _____

DAY 3 _____

DAY 4 _____

DAY 5 _____

DAY 6 _____

DAY 7 _____

TOTAL

REMINDERS

ASSIGNMENTS & GOALS

LESSON DATE ____________

TECHNIQUE	THEORY

REPERTOIRE

PRACTICE TIME

DAY 1 _____

DAY 2 _____

DAY 3 _____

DAY 4 _____

DAY 5 _____

DAY 6 _____

DAY 7 _____

TOTAL

REMINDERS

ASSIGNMENTS & GOALS

LESSON DATE ____________

TECHNIQUE	THEORY

REPERTOIRE

PRACTICE TIM

DAY 1 _____

DAY 2 _____

DAY 3 _____

DAY 4 _____

DAY 5 _____

DAY 6 _____

DAY 7 _____

TOTAL

REMINDERS

ASSIGNMENTS & GOALS

LESSON DATE ____________

TECHNIQUE	THEORY

REPERTOIRE

PRACTICE TIME

DAY 1 _____

DAY 2 _____

DAY 3 _____

DAY 4 _____

DAY 5 _____

DAY 6 _____

DAY 7 _____

TOTAL

REMINDERS

ASSIGNMENTS & GOALS

LESSON DATE ____________

TECHNIQUE	THEORY
REPERTOIRE	

PRACTICE TI

DAY 1 ______

DAY 2 ______

DAY 3 ______

DAY 4 ______

DAY 5 ______

DAY 6 ______

DAY 7 ______

TOTAL

REMINDERS

ASSIGNMENTS & GOALS

LESSON DATE ____________

TECHNIQUE	THEORY

REPERTOIRE

PRACTICE TIME

DAY 1 ____

DAY 2 ____

DAY 3 ____

DAY 4 ____

DAY 5 ____

DAY 6 ____

DAY 7 ____

TOTAL

REMINDERS

ASSIGNMENTS & GOALS

LESSON DATE ______

TECHNIQUE	THEORY

REPERTOIRE

PRACTICE TIM

DAY 1 ______

DAY 2 ______

DAY 3 ______

DAY 4 ______

DAY 5 ______

DAY 6 ______

DAY 7 ______

TOTAL

REMINDERS

ASSIGNMENTS & GOALS

LESSON DATE ____________

TECHNIQUE	THEORY

REPERTOIRE

PRACTICE TIME

DAY 1 _____

DAY 2 _____

DAY 3 _____

DAY 4 _____

DAY 5 _____

DAY 6 _____

DAY 7 _____

TOTAL

REMINDERS

ASSIGNMENTS & GOALS

LESSON DATE ____________

TECHNIQUE	THEORY

REPERTOIRE

PRACTICE TIM

DAY 1 ______

DAY 2 ______

DAY 3 ______

DAY 4 ______

DAY 5 ______

DAY 6 ______

DAY 7 ______

TOTAL

REMINDERS

ASSIGNMENTS & GOALS

LESSON DATE ____________

TECHNIQUE	THEORY

REPERTOIRE

PRACTICE TIME

DAY 1 _____

DAY 2 _____

DAY 3 _____

DAY 4 _____

DAY 5 _____

DAY 6 _____

DAY 7 _____

TOTAL

REMINDERS

ASSIGNMENTS & GOALS

LESSON DATE ______

TECHNIQUE	THEORY

REPERTOIRE

PRACTICE TIM

DAY 1 ____

DAY 2 ____

DAY 3 ____

DAY 4 ____

DAY 5 ____

DAY 6 ____

DAY 7 ____

TOTAL

REMINDERS

ASSIGNMENTS & GOALS

LESSON DATE ______________

TECHNIQUE	THEORY
REPERTOIRE	

PRACTICE TIME

DAY 1 _____

DAY 2 _____

DAY 3 _____

DAY 4 _____

DAY 5 _____

DAY 6 _____

DAY 7 _____

TOTAL [ ]

REMINDERS

ASSIGNMENTS & GOALS

LESSON DATE ____________

TECHNIQUE	THEORY

REPERTOIRE

PRACTICE TIM

DAY 1 ______

DAY 2 ______

DAY 3 ______

DAY 4 ______

DAY 5 ______

DAY 6 ______

DAY 7 ______

TOTAL

REMINDERS

ASSIGNMENTS & GOALS

LESSON DATE ____________

TECHNIQUE	THEORY

REPERTOIRE

PRACTICE TIME

DAY 1 _____

DAY 2 _____

DAY 3 _____

DAY 4 _____

DAY 5 _____

DAY 6 _____

DAY 7 _____

TOTAL

REMINDERS

ASSIGNMENTS & GOALS

LESSON DATE ______

TECHNIQUE	THEORY

REPERTOIRE

PRACTICE TIM

DAY 1 ______

DAY 2 ______

DAY 3 ______

DAY 4 ______

DAY 5 ______

DAY 6 ______

DAY 7 ______

TOTAL

REMINDERS

ASSIGNMENTS & GOALS

LESSON DATE ______________

TECHNIQUE	THEORY

REPERTOIRE

PRACTICE TIME

DAY 1 ______

DAY 2 ______

DAY 3 ______

DAY 4 ______

DAY 5 ______

DAY 6 ______

DAY 7 ______

TOTAL

REMINDERS

ASSIGNMENTS & GOALS

LESSON DATE ____________

TECHNIQUE	THEORY

REPERTOIRE

PRACTICE TIM

DAY 1 ______

DAY 2 ______

DAY 3 ______

DAY 4 ______

DAY 5 ______

DAY 6 ______

DAY 7 ______

TOTAL

REMINDERS

ASSIGNMENTS & GOALS

LESSON DATE ____________

TECHNIQUE	THEORY

REPERTOIRE

PRACTICE TIME

DAY 1 _____

DAY 2 _____

DAY 3 _____

DAY 4 _____

DAY 5 _____

DAY 6 _____

DAY 7 _____

TOTAL

REMINDERS

ASSIGNMENTS & GOALS

LESSON DATE ____________

TECHNIQUE	THEORY

REPERTOIRE

PRACTICE TIM

DAY 1 _____

DAY 2 _____

DAY 3 _____

DAY 4 _____

DAY 5 _____

DAY 6 _____

DAY 7 _____

TOTAL

REMINDERS

ASSIGNMENTS & GOALS

LESSON DATE ____________

TECHNIQUE	THEORY

REPERTOIRE

PRACTICE TIME

DAY 1 _____

DAY 2 _____

DAY 3 _____

DAY 4 _____

DAY 5 _____

DAY 6 _____

DAY 7 _____

TOTAL

REMINDERS

ASSIGNMENTS & GOALS

LESSON DATE ______________

TECHNIQUE	THEORY

REPERTOIRE

PRACTICE TIME

DAY 1 _____

DAY 2 _____

DAY 3 _____

DAY 4 _____

DAY 5 _____

DAY 6 _____

DAY 7 _____

TOTAL

REMINDERS

ASSIGNMENTS & GOALS

LESSON DATE ______________

TECHNIQUE	THEORY

REPERTOIRE

PRACTICE TIME

DAY 1 _____

DAY 2 _____

DAY 3 _____

DAY 4 _____

DAY 5 _____

DAY 6 _____

DAY 7 _____

TOTAL

REMINDERS

ASSIGNMENTS & GOALS

LESSON DATE ____________

TECHNIQUE	THEORY

REPERTOIRE

PRACTICE TIM

DAY 1 ______

DAY 2 ______

DAY 3 ______

DAY 4 ______

DAY 5 ______

DAY 6 ______

DAY 7 ______

TOTAL

REMINDERS

ASSIGNMENTS & GOALS

LESSON DATE ____________

TECHNIQUE	THEORY

REPERTOIRE

PRACTICE TIME

DAY 1 _____

DAY 2 _____

DAY 3 _____

DAY 4 _____

DAY 5 _____

DAY 6 _____

DAY 7 _____

TOTAL

REMINDERS

ASSIGNMENTS & GOALS

LESSON DATE ____________

TECHNIQUE	THEORY

REPERTOIRE

PRACTICE TIM

DAY 1 _____

DAY 2 _____

DAY 3 _____

DAY 4 _____

DAY 5 _____

DAY 6 _____

DAY 7 _____

TOTAL

REMINDERS

ASSIGNMENTS & GOALS

LESSON DATE ____________

TECHNIQUE	THEORY

REPERTOIRE

PRACTICE TIME

DAY 1 ______

DAY 2 ______

DAY 3 ______

DAY 4 ______

DAY 5 ______

DAY 6 ______

DAY 7 ______

TOTAL

REMINDERS

ASSIGNMENTS & GOALS

LESSON DATE ______

TECHNIQUE	THEORY

REPERTOIRE

PRACTICE TIM

DAY 1 ______

DAY 2 ______

DAY 3 ______

DAY 4 ______

DAY 5 ______

DAY 6 ______

DAY 7 ______

TOTAL

REMINDERS

ASSIGNMENTS & GOALS

LESSON DATE ____________

TECHNIQUE	THEORY

REPERTOIRE

PRACTICE TIME

DAY 1 ______

DAY 2 ______

DAY 3 ______

DAY 4 ______

DAY 5 ______

DAY 6 ______

DAY 7 ______

TOTAL

REMINDERS

ASSIGNMENTS & GOALS

LESSON DATE ______

TECHNIQUE	THEORY

REPERTOIRE

PRACTICE TIM

DAY 1 ____

DAY 2 ____

DAY 3 ____

DAY 4 ____

DAY 5 ____

DAY 6 ____

DAY 7 ____

TOTAL

REMINDERS

ASSIGNMENTS & GOALS

LESSON DATE ______________

TECHNIQUE	THEORY

REPERTOIRE

PRACTICE TIME

DAY 1 ______

DAY 2 ______

DAY 3 ______

DAY 4 ______

DAY 5 ______

DAY 6 ______

DAY 7 ______

TOTAL

REMINDERS

ASSIGNMENTS & GOALS

LESSON DATE ____________

TECHNIQUE	THEORY

REPERTOIRE

PRACTICE TIM

DAY 1 _____

DAY 2 _____

DAY 3 _____

DAY 4 _____

DAY 5 _____

DAY 6 _____

DAY 7 _____

TOTAL

REMINDERS

ASSIGNMENTS & GOALS

LESSON DATE ____________

TECHNIQUE	THEORY

REPERTOIRE

PRACTICE TIME

DAY 1 _____

DAY 2 _____

DAY 3 _____

DAY 4 _____

DAY 5 _____

DAY 6 _____

DAY 7 _____

TOTAL

REMINDERS

ASSIGNMENTS & GOALS

LESSON DATE ____________

TECHNIQUE	THEORY

REPERTOIRE

PRACTICE TIM

DAY 1 ______

DAY 2 ______

DAY 3 ______

DAY 4 ______

DAY 5 ______

DAY 6 ______

DAY 7 ______

TOTAL

REMINDERS

NOTES

NOTES

NOTES

NOTES

DICTIONARY OF MUSICAL TERMS

A TEMPO		return to the original tempo
ACCENT	>	play the note louder
ADAGIO		slowly
ANDANTE		walking speed, flowing
ALLEGRO		quickly, lively
COMMON TIME	**C**	4 beats to the measure
CRESCENDO	<	gradually louder
DECRESCENDO	>	gradually softer
DIMINUENDO	*dim.*	gradually softer
DYNAMICS		how loud or soft to play
FLAT SIGN	♭	lowers the note one half step; play the next key to the left, black or white
FERMATA	𝄐	hold a note longer than its rhythmic value
FINE		the end
FORTE	***f***	loud
FORTISSIMO	***ff***	very loud
INTERVAL		the distance in pitch between two notes
LEGATO		smooth and connected
MEZZO FORTE	***mf***	medium loud
MEZZO PIANO	***mp***	medium soft
NATURAL SIGN	♮	cancels a sharp or flat; play the natural (white) key
PIANO	***p***	soft
PIANISSIMO	***pp***	very soft
REPEAT SIGN	:‖	return to beginning and play again
RITARDANDO	*rit.*	gradually slower
SHARP SIGN	♯	raises the note one half step; play the next key to the right, black or white
STACCATO		short and separated
TEMPO		rate of speed
UPBEAT		note(s) that come before the first full measure